一夜庐域外杂诗（续编）

张宝林 著

中国财富出版社有限公司

图书在版编目（CIP）数据

一夜庐域外杂诗：续编 / 张宝林著. — 北京：中国财富出版社有限公司，2023.3

ISBN 978-7-5047-7809-3

Ⅰ. ①一…　Ⅱ. ①张…　Ⅲ. ①诗集—中国—当代　Ⅳ. ①I227

中国版本图书馆 CIP 数据核字（2022）第255994号

策划编辑	郝婧婕	**责任编辑**	张红燕　郭　玥	**版权编辑**	李　洋
责任印制	梁　凡	**责任校对**	张营营	**责任发行**	杨恩磊

出版发行	中国财富出版社有限公司		
社　　址	北京市丰台区南四环西路188号5区20楼	**邮政编码**	100070
电　　话	010-52227588 转 2098（发行部）		010-52227588 转 321（总编室）
	010-52227566（24小时读者服务）		010-52227588 转 305（质检部）
网　　址	http: //www. cfpress. com. cn	**排　　版**	宝蕾元
经　　销	新华书店	**印　　刷**	宝蕾元仁浩（天津）印刷有限公司
书　　号	ISBN 978-7-5047-7809-3 / I · 0355		
开　　本	710mm × 1000mm　1 / 16	**版　　次**	2023年 6 月第 1 版
印　　张	11.25	**印　　次**	2023年 6 月第 1 次印刷
字　　数	124千字	**定　　价**	42.00 元

大道養正

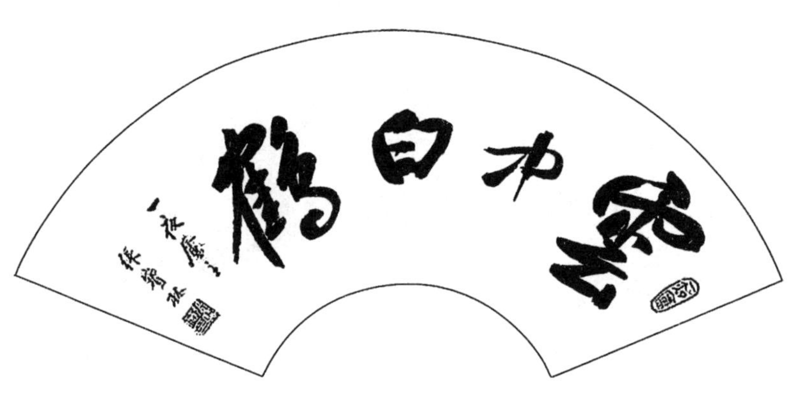

序言

今天，是辛丑年农历十月初一，公历2021年11月5日。凌晨醒来，习惯性地看一下手机微信，见到来自北京宝林兄的信息。

宝林告诉我，他已经完成一部诗集的编辑整理，发给我，希望我能够抽空为集子写一篇文字，作为序言。

我很高兴，也有点儿意外。

我和宝林兄既是诗友，又是师生，学生给老师的集子写序，怎么说得通？

对于韵律诗，我起步很晚。有了博客以后，我喜欢写一些并非绝句、律诗的东西发上去，时有今韵不合古韵的情况发生——这很让人尴尬。这时候，宝林出现了，他在私人交流里发给我六个字。我依照这六个字的要求，再加上弄到了一部诗词韵书，书中古韵、今韵一目了然，于是创作的诗词有了改观。这里请诸位注意一下，他发给我的六个字，是发到我的私人信息栏的，很尊重我。

别人是一字师，宝林之于我，乃是六字师。

我没有高学历，很早就辍学养家了，平生以自学走路，对于在诗词文章方面给予我帮助的朋友，我是格外感恩的。所以，这里就特别说了我与宝林的这一层关系。

宝林先生“以诗记游”，不仅在国内记游，还在国外记游，而且是以大量的格律诗为载体，其平仄韵律要求是极其严格的，颔联、颈联严格对仗，写景抒情，遣词造句，记人叙史，含而不露，还要弄出旧体诗特有的韵律、境界以光风雅，这在当下文坛，恐怕他也是独家杏林，别有洞天的了。

宝林毕业于中国社会科学院研究生院新闻系，曾是《人民日报》资深记者，又是散文作家、诗人和书法家。他丰富的社会阅历和丰厚的人文素养，决定了他的诗歌的深度和品级，都是极好的。

说到诗词创作，第一我们要谈到孔子删定我国首部诗歌总集《诗经》时的一句名言。他说：“《诗》三百,一言以蔽之，曰‘思无邪’！”（《论语·为政》）这个“无邪”是什么呢？就是王国维《人间词话》里高度强调的那个“真”。“无邪”，就是中国诗歌艺术的“真”。“真”是它的生命。没有“真”，就没有诗歌艺术。

老一代文化人继承了《诗经》和《史记》的现实主义文学传统，在新诗从里到外全面堕落的颓废时期，旭日东升，形成了一个以旧体诗词形式推陈出新的文学新天地。这不是复古，而是进步！是旧瓶装新酒的文学新气象。

我们不能等闲这个文学新潮。中国文学完全崭新的真善美时代，也许会从这里开始，而渐入佳境。

这个时候读一读宝林先生的《一夜庐域外杂诗（续编）》（他已有一部《一夜庐域外杂诗》问世），验证一下以中华民族传统文化为根基的、批判地接受中外文化交融的创作实践成果，那将是一种怎样的天籁艺术享受，还用说吗？

打开正文，我们看见第一编就是关于文明古国埃及的八首诗。

映入眼帘的第一首诗就是描写埃及母亲河的《尼罗河》。诗人写道——

尼罗浩浩复汤汤，滋育文明万古长。
两岸星罗多胜迹，摩挲神柱缅先王。

诗人在注释中告诉我们：尼罗河滋育了古埃及四千多年文明史。现尼罗河两岸分布着众多的金字塔、神庙和石雕，这是古埃及文明的载体。

短短的一首二十八字的七绝，言简意赅的注释，完成“明志”。诗人在这一编里，要“言其志，永其言”了。宝林不愧是一位优秀的诗人，此书开卷第一篇，就为全书定下了感情基调。南朝梁人刘勰在他的《文心雕龙》里，有这方面的论述。他说：“‘在心为志，发言为诗’，舒文载实，其在兹乎？诗者，持也，持人情性；三百之蔽，义归‘无邪’，持之为训，有符焉尔。”“无邪”是诗歌创作的原则，也是宝林这部诗集的原则。

第二首《庞贝柱》，也是一首七言绝句。其诗曰——

断柱残垣此水浔，巍巍独柱立崖岑。
三人口铄能成虎，难怪头颅传到今。

在此诗的注释里，诗人告诉了读者关于庞贝柱的一些历史知识。

亚历山大庞贝柱，是一根高达27米的粉红色亚斯文花岗岩石柱，建于公元一世纪左右，柱顶有花形柱头。中世纪的西方人猜测柱顶曾经放置庞贝的头颅，“庞贝柱”遂缘此得名。石柱是建于托勒密三世在位时期的萨拉皮雍神庙的一部分，后神庙被毁，只留下这根石柱。

这首绝句之妙，妙在它的“突然转换”。明明是在写“庞贝柱”，一、二两句描写明白，但到了第三句，突然出来个“三人口铄能成虎”，明显说到中国的成语“三人成虎”“众口铄金”，融入了中国文化，使人自然想到传言的可怕，中外皆然。庞贝柱是否曾摆放庞贝的首级，实在未必，但传了许多年，假的也成真了。最后一句回到主题，“中西文化”在这里有了巧妙的融合。看似是写庞贝柱，实则是借彼以言此。这种“余味隐含，形外有神”的文学表现，在唐人司空图的《二十四诗品》中有着很明确的表述。司空图在《与李生论诗书》中说：“近而不浮，远而不尽，然后可以言韵外之致耳。”宋人严羽的“妙悟说”，清人王士祯的“神韵说”，都是从司空图这句话里来的。宝林在这里，巧妙地来了个“韵外之致”，读者自然心领神会，“余味隐含，形外有神”，尽得之矣！我称之为“突然转换”，是从表述方式上谈这个问题的。

此编的第六首诗《亚历山大图书馆传说》，也用了这种“突然转换”之法，我们且欣赏一下——

天章阁馆少丘墟，曾纳千邦万卷书。
秦火熊熊嬴政乐，黔黎大可是猪驴。

后两句完全是“突然转换”了！

有人会问，不是说“余味隐含，形外有神”吗，怎么如此公然愤怒起来了？

是的，面对几乎同样毁灭知识的历史，联想到自家的“焚书坑儒”，正直的人们难道不会“怒从心上起”吗？诗人的“愤怒”里千头万绪，千言万语，并没有一一道出，不过用了一句反讽：黔黎大可是猪驴。刘勰在《文心雕龙·体性篇》中有“气有刚柔”之论，诗人这里爆发的乃是“阳刚之美”！刘勰说：“刚柔虽殊，必随时而适用。”此之谓也。诗评家们对这种表现方法有“超以象外，得其环中”的概括，宝林此处便是。

《意大利（十首）》里，有《佛罗伦萨》一首五律，诗人写道——

久闻翡冷翠，今到亚平宁。
昼夜思晨暮，钟楼伴月星。
踵随三巨匠，思接众霜廷。
屡屡亲光热，愚顽亦悟惺。

诗人作了注释：徐志摩美译佛罗伦萨为翡冷翠。《昼》《夜》《晨》《暮》是米开朗琪罗为美第奇家族墓制作的四尊雕像，是他的代表作。乔托钟楼，大建筑师乔托设计的佛罗伦萨主教堂附属建筑，高耸入云，运用了哥特式风格。文艺复兴三巨匠为米开朗琪罗、达·芬奇和拉斐尔。霜廷，严肃的殿堂。

通读全诗，我们感觉到诗人对于意大利的文艺复兴强烈的赞美之情！

我想，我们还是一起品咂一下宝林先生的两联诗句，陶冶一下翡冷翠（佛罗伦萨）的美妙。

“昼夜思晨暮，钟楼伴月星。踵随三巨匠，思接众霜廷。”我们一起步入一个妙曼的意境里边去——“在这里出门散步去，上山或是下山，在一个晴好的五月的向晚，正像是去赴一个美的宴会，比如去一果子园，那边每株树上都是满挂着诗情最秀逸的果实，假如你单是站着看还不满意时，只要你一伸手就可以采取，可以恣尝鲜味，足够你性灵的迷醉……”（徐志摩《翡冷翠山居闲话》）

读宝林的诗，我读出一种飘逸的散文美。

这样的诗情和余味隐含，集子里无处不在，只需跟随着诗人的脚步走下去，印度、突尼斯、巴西、阿根廷……无处不在。

宝林先生的这部诗集，不仅给我们昭示了中西文化交融的美妙，还给我们描画了中华民族可期的未来。

它是诗人足迹的印记，也是宝林先生爱家爱国的吟唱。

张琳璋于河南开封

辛丑年冬至

目录

目录

埃及（八首）

（一）

尼罗河

尼罗浩浩复汤汤，
滋育文明万古长。
两岸星罗多胜迹，
摩挲神柱缅先王。

注：尼罗河滋育了古埃及四千多年文明史（公元前4500年的塔萨文化至公元前332年）。现尼罗河两岸分布着众多的金字塔、神庙和石雕，这是古埃及文明的载体。

尼羅浩浩復湯湯，滋育文明萬古長。兩岸星羅多勝蹟，摩挲神柱緬先王。法老遺蹤何需尋，獅身人面已喑喑。石山縱有金模樣，一任西風伴蟄吟。

埃及二首　寶林

（二）

庞贝柱

断柱残垣此水浔，
巍巍独柱立崖岑。
三人口铄能成虎，
难怪头颅传到今。

注：亚历山大庞贝柱，是一根高达27米的粉红色亚斯文花岗岩石柱，建于公元三世纪左右，柱顶有花形柱头。中世纪的西方人猜测柱顶曾经放置庞贝的头颅，『庞贝柱』遂缘此得名。石柱是建于托勒密三世在位时期的萨拉皮雍神庙的一部分，后神庙被毁，只留下这根石柱。

（三）

纸莎草

皇家圣物三棱草，
堪比竹书可纪年。
东土蔡侯瞠其后，
后来居上着先鞭。

注：纸莎草茎三棱，茎秆顶端总苞片散作伞状。用纸莎草制作的纸记述了古埃及、古希腊、古罗马数千年历史。《竹书纪年》是春秋时期史官所作的一部编年史，此处戏指。公元8世纪后，中国的造纸术传到西方，才逐渐代替了莎草纸。

（四）

金字塔

法老遗踪何处寻，

狮身人面已喑喑。

石山纵有金模样，

一任西风伴蛰吟。

（五）

神　庙

崇墙巍柱记丰功，
拓土从来赖俊雄。
可惜六朝三百帝，
于今霸业已成空。

注：古埃及历史一般被划分为六个时期：前王朝、早王朝、古王朝、中王朝、新王朝、后王朝。凡三十个王朝，二百多位法老，历时四千余年（公元前4500年—公元前332年）。此后先后被希腊人、罗马人和阿拉伯人征服，古埃及不复存在。

（六）

亚历山大图书馆传说

天章阁馆少丘墟，

曾纳千邦万卷书。

秦火熊熊嬴政乐，

黔黎大可是猪驴。

（七）

Mena House Oberoi Hotel 丘吉尔套房

开罗煮酒论英雄，

此地三人世最崇。

坐榻余温应尚在，

功成身退是元戎。

注：我们住的酒店，建于1869年，1943年开罗会议即在此召开。主楼二层有三巨头曾住过的套房。「二战」后丘吉尔落选首相。

（八）

红海潜泳

汪洋碧海浪花轻，
艋艇抛锚人潜行。
错落珊瑚来眼底，
游鱼觑我静无声。

梵蒂冈（两首）

西斯廷教堂

莫道空无物，辉光耀拱宸。
长穹开宇宙，宽壁走灵神。
翘首八方客，倾心一个人。
世间三两杰，差可与同伦。

注：梵蒂冈博物馆的西斯廷教堂，有《创世纪》穹顶组画和《末日审判》壁画，均为米开朗琪罗作品，因此，教堂成为游人必到之地。两组画700多个人物，总用时十年，是绝世精品。

（二）

圣彼得大教堂

千千大教堂，此处最难忘。
华盖青铜伟，精雕圣子殇。
神摇皆六宝，眼恨不三双。
踯躅还回首，雄浑叹柱廊。

注：圣彼得大教堂是世界最大的天主教堂，也是教皇的驻跸地，内藏瑰宝无算。最著名的是米开朗琪罗的石雕《圣殇》和贝尼尼的《青铜华盖》。广场则有贝尼尼设计的柱廊。六宝，语出《国语·楚语下》，明王圣人、玉、龟、珠、金、山林薮泽，六者为国家之宝，此处借指稀世珍宝。

莫道空無物
輝光耀拱宸
長穹開宇宙
寬壁走靈神
魏晉八方客
傾心一個人
世間三兩傑
差可與同倫

梵蒂岡西斯廷小教堂一首

壬寅夏月 張寶林并書

意大利（十首）

佛罗伦萨

久闻翡冷翠，今到亚平宁。

昼夜思晨暮，钟楼伴月星。

踵随三巨匠，思接众霜廷。

屡屡亲光热，愚顽亦悟惺。

注：徐志摩美译佛罗伦萨为翡冷翠。《昼》《夜》《晨》《暮》是米开朗琪罗为美第奇家族墓制作的四尊雕像，是他的代表作。乔托钟楼，大建筑师乔托设计的佛罗伦萨主教堂附属建筑，高耸入云，运用了哥特式风格。文艺复兴三巨匠为米开朗琪罗、达·芬奇和拉斐尔。霜廷，严肃的殿堂。

（二）

米　兰

双雄剑戟寒，人地壮波澜。

首府伦巴第，天骄时尚端。

福音传圣殿，日影落神坛。

蹀躞寻蝴蝶，芬翁已惯看。

注：国际米兰、AC米兰均为世界足坛劲旅。米兰多教堂，是时尚之都、歌剧之都。著名的斯卡拉歌剧院位于达·芬奇雕像对面，曾上演《图兰朵》《蝴蝶夫人》等著名歌剧。

（三）

威尼斯

西洋宽窄巷，胡同泛清流。
老宅如崖立，轻舟若叶浮。
拱桥才擦顶，巍塔又迎眸。
夹岸人招手，逍遥画里游。

注：著名水城威尼斯，由无数小岛和水巷组成。城内楼厦、教堂、商铺、住宅，临水而建，鳞次栉比。市内交通全靠船只来往。一种名为贡多拉的小艇，专供游人乘坐观光。

（四）

比萨斜塔

天然爱左倾，斜柱又斜甍。
不倒睨还立，纠偏观未成。
塞翁知福祸？奕手看输赢。
挥汗方登顶，残阳满古城。

注：观成，看到成果。语出《诗经·大雅·文王有声》：『遹观厥成。』汉代桓宽《盐铁论·结和》：『民可与观成，不可与图始。』

注：公元七十九年八月二十四日，庞贝因维苏威火山爆发而毁灭。

（五）

庞贝古城

城阙繁华地，胭脂富贵乡。

无忧千岁好，一震万年殇。

断壁春宫画，残垣演剧廊。

归来犹有恨，何处说仓皇。

城闕繁華地胭脂富貴
鄉無憂千歲好一襲萬
手殤斷壁春宮畫殘垣
演劇廊歸來猶可恨
何處說倉皇

意大利龐貝古城

壬寅夏日 張寶林

（六）

锡耶纳

穿行中世纪，在在是沧桑。
古旧深街肆，巍峨大教堂。
塔高堪宿鸟，贝敞可腾骧。
应谢云梯捷，登攀任我狂。

注：锡耶纳是意大利中世纪建筑风格保留最好的旧城，古建比比皆是。锡耶纳大教堂更是融汇罗马、哥特风格，是集精美建筑、雕塑与绘画于一体的杰作。城中心有著名的曼吉亚塔楼和卡姆波广场，由于广场形似贝壳，俗称『贝壳广场』，每年循古例举行赛马比赛，是为全城的狂欢节。城市位于山顶，山上山下有电动滚梯往还，对于老人，实在是太方便了。

（七）

维罗纳朱丽叶故居

斑驳石条路，喧喧小院庭。
恍如来梦境，恰似列人屏。
铜铸朱家女，城因莎氏馨。
涂鸦留满壁，让我忆优伶。

注：『世界文化遗产』维罗纳古城，众多的罗马历史遗迹，却被莎士比亚《罗密欧与朱丽叶》的盛名所掩盖。络绎不绝的人们从古老的斗兽场、市政厅、老城门匆匆走过，沿着卡佩罗大街来到二十七号院，这就是传说中朱丽叶的故居。院里的朱丽叶铜像，被人墙层层包围，双乳锃亮。门口的墙壁上满是涂鸦。流连其中，不禁想起前些年在北京看法国音乐剧的情景。

（八）

那不勒斯

基督纱蔽面，应恨世衰微。
蛋堡衔秋日，王宫映夕晖。
流连寻胜迹，彳亍赏珍稀。
世事波多诡，陶然未忘机。

注：在那不勒斯只居停两日，却参观了蛋堡、但丁广场、那不勒斯国家考古博物馆、圣塞维罗礼拜堂、卡塞塔波旁王朝宫殿等诸多景点。礼拜堂有著名的披纱基督像，考古博物馆有许多庞贝古城的遗存。

（九）

乌菲齐美术馆（折腰体）

觅宝琳宫去，初心始得尝。

也曾经片羽，何幸沐休光。

大师闻謦欬，极品叹精良。

今夜三更梦，应追无冕王。

注：佛罗伦萨美第奇家族，是意大利史上最著名的贵族之一。十五世纪到十八世纪，曾出过多位教皇和两位法国王后，被称为『无冕王』。乌菲齐美术馆，藏有达·芬奇、米开朗琪罗、拉斐尔、波提切利、伦勃朗、鲁本斯等大师的大量作品和古希腊、罗马的雕塑。引起我们兴趣的还有一幅中国康熙皇帝的油画像。以前在别的博物馆看过一些大师名作，但集中近距离欣赏这么多极品，还是从未有过的体验。

（十）

米开朗琪罗大卫像

雕龙描凤手，点石可成金。

隆准连天骨，丰肌裹肃心。

凝神何所见？启齿似还吟。

世上真男子，名城庠序寻。

注：大卫是传说中的以色列王，曾杀死侵略者巨人歌利亚。他不仅是战士，还是音乐家和诗人。天骨，天庭多奇骨者，气概自不凡，代指杰出人物。肃心，行正道之心。米开朗琪罗二十九岁完成大卫像。雕像现存佛罗伦萨美术学院，是西方美术史上最美的男性人体雕像之一。

夏威夷杂吟（八首）

（一）

檀香山戊戌除夕街头即景

通衢生火树，

广厦着晶纱。

漫步名牌店，

橱窗尽狗娃。

注：火树，火灯比比皆是。狗娃，戊戌年商家应景装饰物。

（二）

怀基基海滩公园

长风吟海韵，

丽日映晴沙。

俯仰人如蚁，

途多闲在花。

注：怀基基海滩是夏威夷有名的海滩，在海里游泳冲浪，在沙滩晒太阳、打排球、谈情说爱的人，比比皆是。旁边的公园遍植高大的棕榈树、榕树、银合欢等树种，还有许多叫不出名的花草。

（三）

寻访中山先生母校

舟奇沧海阔，
童智始开蒙。
颠覆秦基业，
先生第一功。

注：檀香山伊奥拉尼中学有中山先生雕像。先生少时随母亲远渡重洋投靠哥哥孙眉并就读于该校，1882年毕业，时年十六岁。先生曾言：始见轮舟之奇，沧海之阔，自是有慕西学之心，穷天地之想。

再壽滄海闊
童智始開蒙
顛覆秦基業
先生第一功
長風吟海韻
麗日映晴沙
俯仰人如蟻
途步閑在花

夏威夷二首 其一另訪中山先生母校 其二威基基海灘

壬寅夏月 張寶林

（四）

古兰尼牧场

群星留迹处，

名唤古兰尼。

阙憾天公补，

平添雨色奇。

注：古兰尼牧场，夏威夷传统的牧牛农场，也是美国著名外景拍摄地，有多种旅游套餐。但突降暴雨，雷电交加，只能退票，坐待雨停。

（五）

伊奥拉尼王宫访古

联邦有大君，事迹未曾闻。
羽氅易刀匕，檀香记策勋。
深宫多技巧，末代是钗裙。
导览听明细，传奇话语殷。

注：夏威夷伊奥拉尼王宫是美国唯一的一座王宫。雄才大略的卡美哈梅哈统一夏威夷后，建立了君主制王国。他的传奇故事包括用羽毛战袍换库克船长的小刀、垄断檀香木的贸易、征收外国船只的入港税等。夏威夷的最后两任国王是卡拉卡瓦一世和利留卡拉尼一世。他们喜好新鲜事物，在建造王宫时最早使用了电灯、电话和抽水马桶。1900年，夏威夷归属美国，1959年成为美国的第50个州。

（六）

恐龙湾和钻石山

恐龙匍匐地，
浅水任浮游。
微雨还登顶，
欧胡一望收。

注：恐龙湾，因山脊似匍匐的恐龙而得名，是夏威夷最著名的游泳、浮潜胜地。钻石山，欧胡岛（檀香山所在岛屿）最高的山脉。我们冒雨登顶，饱览了全城景色。

（七）

密苏里号战列舰纪念馆

见证残阳落，
沧桑百战身。
巍躯犹抖擞，
笑纳万邦人。

注：密苏里号战列舰，曾在『二战』中多次参加战役，但最令它威名远播的，是麦克阿瑟将军在这里代表盟军签署了受降书。

（八）

亚利桑那号战列舰纪念馆

折戟沉沙日，英雄扛鼎时。

清波涵战骨，白璧竖灵碑。

遥对密苏里，长怀尼米兹。

向洋应叩问，名实可相宜？

注：一九四一年十二月七日，日本偷袭珍珠港，重创美国海军。亚利桑那号战列舰沉没海域兴建了这座浮桥式纪念馆。馆中有白色大理石墙一面，刻有全体阵亡将士英名，在馆中还可凭栏俯瞰战舰残骸，内有长眠海底的殉难将士遗骨。尼米兹，「二战」时美军太平洋舰队司令，为最终战胜日本立下卓越功勋。纪念地各处都有他的痕迹。呜呼，太平洋，何曾太平？！

巴西（十三首）

（一）

束装就道

此去神奇南半球，
亦冬亦夏亦春秋。
同窗五老心犹壮，
击水抟云试一游。

注：巴西、阿根廷十六日游，各旅游地气温相差三十余摄氏度，堪称四季同时。中国社科院研究生首届同窗五人结伴而行，年龄均过古稀矣。

（二）

圣保罗开拓者纪念碑

开启山林五百年，

拓荒斗士后承前。

人言黎庶书青史，

应让英雄半个天。

注：纪念碑前列为殖民者，依次为移民、土著，寓意都是巴西拓荒人。黎庶书，即历史是由人民和英雄共同创造的。

（三）

圣保罗足球博物馆

此地足球称国宝，
旗徽满目若星河。
爱因斯坦何须羡，
我有球王大小罗。

注：巴西有足球俱乐部两千余家，博物馆有数面墙展示各球队旗徽。图片、实物、影像资料非常丰富。球王——贝利，大小罗——罗纳尔多、罗纳尔迪尼奥。

（四）

涂鸦巷

描风涂鸦各逞能，

世间何物不图腾。

流连休得匆匆去，

辜负凡高八大僧。

注：圣保罗维拉马达莱纳区有条叫蝙蝠侠的小巷。几百米的街巷墙面，从上到下琳琅满目，布满各种涂鸦，其中不少出自各国著名涂鸦艺术家之手，据说数月就会更新一次，堪称世界奇观。八大，八大山人朱耷。

（五）

巴西木

曾经遍野今余几，
万里寻珍探秘玄。
睹物伤情还落泪，
海黄同病也相怜。

注：巴西木，巴西国木，生长周期长，木质坚实细腻，汁液鲜红。十六世纪巴西被葡萄牙殖民后，巴西木被掠夺性开采，以满足欧洲家具制造及纺织印染需要。巴西木现已所剩无几，圣保罗艺术博物馆花园内仅存四株。不禁想起我国海南岛盛产的黄花梨（海黄），也因明清时期的过度采伐，野生黄花梨现已荡然无存。滥采乱伐，无论土豪还是海盗，都是罪人。

（六）

亚马孙内格罗合流处

黄水黑流互不争，
相携奔涌向东行。
神州也有交缠水，
泾渭于今已不明。

注：玛瑙斯亚马孙河与内格罗河合流处，黑黄两色河水交缠远去，蔚为奇观。

（七）

乘游艇赏亚马孙热带雨林

深林老树纳轻舟，

水道蜿蜒蚊蚋稠。

时有鸣禽寻未见，

却惊断木鳄鱼头。

（八）

里约基督山

苦难人生犹可度，
纷纭世事最堪哀。
久闻救主云头立，
朝圣还须渡海来。

（九）

里约天梯教堂

浪漫神奇艺术乡，
云梯地气接天光。
环球走遍何曾有，
玛雅锥形天主堂。

注：里约天梯教堂，是一个锥形建筑，外表内部都没有寻常教堂的繁复装饰，甚至水泥墙体也裸露无遗，内部天穹是一个十字架天窗，四壁延伸下四条彩绘玻璃连接到地面，设计极为独特。

（十）

塞拉隆彩色阶梯

阶廊特色世人知，
瓷片犹如万国旗。
困顿十年专一务，
奇才卓立不趋时。

注：里约有一著名旅游景点，名『塞拉隆彩色阶梯』。这是一条一百多米、二百余级的坡道，由六十多个国家的瓷砖装饰而成。此创意和实施出自生于智利的涂鸦艺术家塞拉隆，前后费时十二年。

開啟山林五百年拓荒鬥
士俊擁前人言黎庶書
青史應讓英雄半個天
長嫁明眸五彩鋼佳然來
去喉閑庭十之八九不能識些
碍穿林洗耳聽

巳酉二年
壬寅夏月 寶林

（十一）

伊瓜苏鸟园

长喙明眸五彩翎，

悠然来去唳闲庭。

十之八九不能识，

无碍穿林洗耳听。

（十二）

巴西观伊瓜苏瀑布之一

舴艋犁波浪上行，

青山十里隐雷声。

逡巡未敢亲飞沫，

怕有潮头万仞鲸。

注：乘快艇沿巴拉那河上溯伊瓜苏瀑布，水流湍急，惊险异常。

（十三）

巴西观伊瓜苏瀑布之二

山阴栈道下临渊，
远瀑连山近涌泉。
最是咽喉多鬼斧，
银河狂泻浪滔天。

注：沿山边十里木栈道观看瀑布，先是涓涓细流，逐渐水幕越来越宽，水量越来越大，可谓一步一景，到终点即是『魔鬼咽喉』，瀑布宽达数千米，气势宏大，撼人心魄。

阿根廷（五首）

（一）

阿根廷观伊瓜苏瀑布之一

借步观光小火车，

周边野趣总堪赊。

枝头每见无名鸟，

迓我来游觑又遮。

注：从阿根廷看伊瓜苏瀑布，须从国家公园乘小火车进入，再走一段铁栈道，饱览湿地景观，最后到达伊瓜苏瀑布最佳景观『魔鬼咽喉』。

（二）

阿根廷观伊瓜苏瀑布之二

飞架凌波九曲桥，

鬼喉不见望还遥。

狂涛卷起千重雾，

欲接钱塘万顷潮。

注：与从巴西看伊瓜苏瀑布截然不同。在巴西是仰望，在阿根廷是俯瞰，瀑布直下三千尺，更为壮观。

聯袂澄湖縱放舟冰川擺立窗

晴眸一遙岑仙霧蓬蓬遶苑近

岸頹山白玉洲曲棧由人尋美

鏡颸風替我洗閒愁三生有

幸聞雷隱處是冰山崩于一陬

阿根廷莫雷諾冰川　壬寅夏　寶林

（三）

阿根廷莫雷诺冰川

联袂澄湖缓放舟，冰川环立豁晴眸。
遥岑仙雾蓬莱苑，近岸颓山白玉洲。
曲栈由人寻美镜，飙风替我洗闲愁。
三生有幸闻雷隐，应是分崩又一陬。

注：莫雷诺冰川位于阿根廷湖南端，是世界除南北极外最大的现代冰川，登栈道、乘游艇可远观近玩湖光川色。此冰川为活冰川，形成于二十万年前，游客有幸可听到甚至看到冰川崩塌的壮观声色。

注：阿根廷的乌斯怀亚，是世界的天涯海角，离南极洲只有八百千米。乌斯怀亚位于火地岛，因麦哲伦发现该岛时，到处是印第安人的篝火。此地有世界最南端的邮局、航塔、监狱、窄轨小火车站等，每年有大量游客前来观光。

（四）

乌斯怀亚（火地岛）

宿雪千年霁未融，街衢楼馆美欧风。

长天已失归鸿路，野火曾燃入客瞳。

倒映崇峦冰水冽，横行窄轨火车隆。

乌斯挥别应多梦，极地曾经有此翁。

（五）

布宜诺斯艾利斯
“阿根廷独立二百零二年国庆节见闻”

七九离境日，欣逢国庆时。

礼兵齐肃立，广场待升旗。

并无警戒线，游人任聚栖。

吾等躬其盛，观察零距离。

细看周边人，多是观光客。

白黑加褐黄，全球各种色。

高大和低矮，青壮杂老耋。

还有襁褓儿，小狗立旁侧。

忽闻军乐起，礼兵缓缓来。
转了一大圈，走近升旗台。
指挥耍花棒，观者乐开怀。
台前列好队，乐曲又重开。
忽见谢顶客，携一女裙衩。
随从一两个，并无阵仗排。
猜想是贵宾，却是掌钥人。
市长伉俪到，未曾扰市民。
还有大主教，旁立不持矜。
排队成两列，静待正时辰。
庄严奏国歌，铿锵又顿挫。
观者已如堵，国人同声和。
忽闻不谐音，一兵嗓子左。
现实即合理，无人曰不可，

国旗徐徐升，众人皆瞻仰。
唯有摄影机，吱吱发声响。
曲罢旗翻飞，众人齐鼓掌，
节日仪式感，盛况共分享。
礼毕游人去，有人找市长。
细看非别人，是吾邓团长。
很想合个影，此光赏不赏？
市长慨然允，与人留念想。
摆个大炮斯，笑容何俊朗！
此日收获大，政风感受深。
官出不清道，宛若普通人。
官不怕百姓，百姓不敬神。
人人皆平等，此为国之魂。

印度行旅（十九首）

（一）

巴特那王舍城

佛陀成道处，王舍旧城池。
灵鹫留遗迹，幽篁隐大悲。
万人来叩首，几个肯低眉。
滚滚红尘里，双轮不载谁。

注：巴特那王舍城，位于比哈尔邦，古印度摩揭陀国都城。灵鹫山，竹林精舍，释迦牟尼传经地。大悲咒，丛林功课。低眉、双轮，均取佛教语意。

（二）

那烂陀大学

高墙隔深院，隳圮也辉煌。

佛塔犹危耸，学宫已折殇。

人怀唐大德，谁念笈多王。

游客匆匆去，残垣对夕阳。

注：那烂陀大学，始建于公元五世纪笈多王朝，是当时最大的佛教学府。唐玄奘曾来此取经，归国后著《大唐西域记》。后遭突厥人入侵，遂衰败。兴盛时有学子万人，教员两千。

（三）

瓦拉纳西恒河祭

一江天上水，至此惠斯民。

向晚承尸祝，迎暾洗业尘。

信徒来鄙野，圣地近真神。

入境问风俗，躬逢拜夕晨。

注：恒河是印度的天堂水、母亲河。瓦拉纳西是恒河流域首屈一指的圣城，位于北方邦。每天清晨，来自全国各地成千上万的印度教信徒来到河边沐浴，希冀洗清今世罪业，祈祷来世幸福。傍晚，河边人山人海，在婆罗门祭司引领下，伴着神铃和圣乐祭拜湿婆神，场面令人震撼。

（四）

恒河晨浴

金乌初跃岸，士女浴于恒。
但涤三身净，还求七魄澄。
花灯存寄寓，骨殖赖依凭。
天竺黎民愿，湿婆一脉承。

注：瓦拉纳西每天的晨浴是印度教信徒最神圣的礼拜。成群结队的男女在河边洗浴，希冀洗去俗身的污垢和罪业。一些逝者也在河边的祭坛火化，骨灰被撒入河中，意味着灵魂进入天国。河边摊贩售卖一种带鲜花的小烛火纸船，让人们放到河里祭祀河神。传说印度教三位主神之一的湿婆神，在恒河的源头用自己的长发解决了河患，造福人间。三身、七魄，佛教道教术语，此处借用。

（五）

泰姬陵

清清陵外水，郁郁墓中林。

一滴永恒泪，廿年合瑟琴。

爱妃何处觅，愁绪总相侵。

莫卧霓裳曲，缠绵唱到今。

注：泰姬陵是莫卧儿王朝沙·贾汉国王爱妃玛哈尔的陵墓。沙·贾汉耗尽全国财力，花了十七年（一说二十二年）建了这座精美无双的陵墓，被泰戈尔喻为『永恒面颊的一滴泪珠』。泰姬陵建成不久，沙·贾汉就被儿子赶下台。

清々陵外水
鬱々墓中林
一滴永恒淚
廿年合璧琴
愛妃何處覓
瑟絃總相侵
莫臥霓裳曲
纏綿唱到今

印度泰姬陵

壬寅夏月 張寶林

（六）

克久拉霍神庙

交泰闻名久，亲临吃一惊。
塔多巫峡雨，神有楚王情。
鬼斧谁三叹，都旗尔独擎。
周公还噤口，此景不宜评。

注：克久拉霍是位于印度新德里东南方的一座小镇，这个宁静的小村庄因为布满了精美的性爱主题雕刻艺术的神庙群而名声大噪，这里是体验了解印度教文化必不可少的打卡点。传统的周公之礼在这些雕塑面前显得过于保守。

（七）

斋浦尔

粉度名琥珀，精巧水风宫。
黎庶尊牛贵，君王爱石红。
街衢车杂沓，闾里树葱茏。
忽见檐头闹，飞来孙悟空。

注：斋浦尔，是拉贾斯坦邦的行政中心，也是十八世纪印度著名的土邦王杰邦·辛格精心打造的首都。他喜爱粉红色，敕令建筑必须用粉红色石料，故斋浦尔有『粉红之城』的美誉。辛格还是杰出的建筑学家、天文学家，据说琥珀宫、水宫、风宫、天文台都是他亲自设计的。这座城市现代化和传统风格并行不悖。街上时时可见牛、羊、猴子，甚至骆驼。

（八）

乌代布尔阳光宫殿

近水阳光殿，巍然立帝丘。

叠楼藏秘宝，高木驻岩鸠。

休祚虽难续，王孙自可留。

登高临玉柱，倩影记优游。

注：乌代布尔城市宫殿，位于拉贾斯坦邦，紧靠波光旖旎的皮丘拉湖，梅瓦尔王朝二代国王乌代·辛格始筑，历代承继者不断扩建，遂成为一座规模宏大，融汇印度教、伊斯兰教、耆那教等宗教特色和地方风格的精美建筑。因王朝创建人自称是太阳后裔，故此宫殿亦被称为阳光宫殿。宫殿的一部分是博物馆和酒店，另一部分是王公后裔的私产，他们仍在此居住。

（九）

甘地墓

鼎鼎名人墓，寻常草木园。
生平无一字，无字胜千言。
灵火光长亮，平台色正玄。
不非崇异志，此志已梯天。

注：甘地墓位于新德里东北部的朱木拿河畔，墓园极为简朴，只有一块方形黑色大理石平台，高约一米，长宽各约三米。平台尾部有一玻璃罩着的长明灯，象征甘地『非暴力不合作』精神永存。

（十）

德里一日（今韵）

德里分新旧，城池汇古今。

九流谐一地，三教不同门。

屏息参宏殿，无心辨众神。

高寒车过处，忽忆陨亡人。

注：德里是印度的缩影。新老城区遍布印度教、锡克教、佛教等教派的神庙寺院，不同种姓、不同肤色的人，甚至和牛、羊、猴、骆驼等生灵和平共处、相安无事。但这种表面平静的背后是激烈的冲突。圣雄甘地和国大党的英迪拉、拉吉夫母子总理都死于暗杀。

（十一）

阿克萨达姆印度教神庙

徜徉神庙日，每想建初时。

众主生如栩，大菩茂若帷。

无微刀不至，有隙斧还弥。

梁柱凝心血，占魁吉尼斯。

注：2005年竣工的德里阿克萨达姆印度教神庙，是一座动用7000名工匠、3000名志愿者历时5年完成的宏大的宗教建筑，主殿供奉三大主神梵天、毗湿奴和湿婆以及其他众多神祇。神庙内共有两万尊神像和人像。从穹顶到每一根梁柱都有极其精美的雕刻，讲述印度的宗教和神话故事，包括毗湿奴的第九个化身释迦牟尼。此建筑已列入吉尼斯世界纪录。

（十二）

菩提伽耶大觉寺

释迦菩下觉，佛教五洲兴。

流转通三界，参禅度四乘。

多闻经呗诵，时见苦行僧。

漫漫西行路，猕猴也服膺。

注：公元前五世纪，释迦牟尼在菩提伽耶大觉寺的菩提树下得道，此地遂成为佛教圣地。唐玄奘到印度后也曾来此取经。我们在寺院看到各国僧尼和信众在寺院诵经膜拜。三界、四乘，佛教术语，众生世间的生灭流转变化，分为欲界、色界、无色界三界，而能运载众生到达果地之四种教法为四乘。

（十三）

德里国家博物馆

小楼真博物，尽兴赏珍瑰。
古国五千载，盈藏廿万枚。
敦煌惊附壁，舍利喜光台。
满观桃应在，刘郎许又来。

注：旅印最后一日，参观印度国家博物馆。这座不大的三层小楼，收藏了约二十万件反映印度约五千年文明史的各种文物，其中反映宗教题材的居多。英国人偷运来的敦煌石窟壁画及佛舍利金塔等尤令人瞩目。古国文明灿若星河，真想再来一次。

（十四）

印度街头

嚣繁人散漫，幔幌自招摇。
乐色如无物，神牛最傲娇。
穷街羁乞丐，远脊跳猿猱。
日暮炊烟起，千家乐咀[illegible]。

注：印度大多数城市少高楼广厦，多陋巷，小商小贩众多，并无城管。动物如牛、羊、犬、猴、松鼠、鸽、雀等与人和平共处，虽不免脏乱差，但总体和谐稳定。乐色，闽南语『垃圾』。

印度人像组诗

（十五）

孩　童

黑黑白白，天使形状。

纯洁无邪，眸子闪亮。

颦笑睇听，自然模样。

偷拍一瞬，此生难忘。

（十六）

少　年

豆蔻玉女，阳光少男。
天真烂漫，无挂无牵。
天竺花朵，浊世清泉。
愿无纷扰，世界平安。

（十七）

男　人

普普通通，非富非贵。

隔壁阿叔，人间气味。

简单生活，无须靡费。

各奉其主，心有敬畏。

（十八）

老　人

独居单处？子孙满堂？
姓何名谁？来自何方？
从容淡定，不慌不忙。
一腔故事，满脸沧桑。

（十九）

美 女

明眸皓齿，闭月羞花。

天生丽质，碧玉无瑕。

耳鼻珠饰，绚烂丽莎。

笙歌院落，落到谁家？

美西见闻（十二首）

注：街留吻，指岸边有战后海员激吻姑娘的塑像。

（一）

中途岛号航母

前生曾浴血，此际只延宾。
息战街留吻，鸣金舰洗尘。
平台犹列戟，游客自凝神。
偶见东洋仔，心应五味陈。

（二）

黄石国家公园遇雨

森木旧还新，麋牛不惧人。

沸泉喷白雾，冻雨溅红巾。

漫步听天籁，怡情看水粼。

西湖应恰似，不必虑昏晨。

注：黄石国家公园原始森林常遭雷击产生山火，由于人烟稀少，基本任其自生自灭，不久火焚过之处就会长出新林。东坡名句中有：晴方好，雨亦奇，比西子，总相宜。

（三）

布莱斯峡谷国家公园

凭谁挥板斧，天堑霎时开。

赤壁危千仞，清流接九垓。

斑斓调色板，锦绣望仙台。

一脔初尝鼎，三更有梦回。

注：从布莱斯观景的最高点往外看去，山谷中布满高高低低、形状各异的红色的白色的石柱组成的石林。而一路上的观景点很多，角度不同，景色也各不相同。

（四）

雨游科罗拉多大峡谷

危栏临大壑，冷雨漫霏烟。
远眺青螺湿，横看霞石绵。
惊人探绝壁，憾我到衰年。
幸喜林中路，三番结鹿缘。

注：科罗拉多河发源于科罗拉多州的落基山脉，全长超过两千米。『科罗拉多』，西班牙语意为『红河』，河水中因夹带大量红岩风化形成的泥沙，故有此名，河水冲击之下，形成了无比壮观的大峡谷，也是美西著名旅游景点。

（五）

羚羊谷

狭谷名何自，传言昔驻羊。
疾风雕洞壁，乱水蚀崖墙。
烟态堪羞月，波痕最炳琅。
游人难释手，美照各盈囊。

注：羚羊谷位于美国亚利桑那州的最北部，是北美印第安人最大部落纳瓦霍人的属地，曾是野羚羊的栖息处。这是一个由水流冲刷而形成的狭长山谷，光从顶部射入，映在流线型变化多端的砂岩上，形成奇妙的光影。

（六）

游大提顿国家公园夜宿杰克逊小镇

云岑披雪笠，冰水泛晴波。

林密藏熊罴，湖平映鹿驼。

草铺天地毯，镇是袖珍螺。

鹿角听羌曲，分明牛仔歌。

注：杰克逊小镇有街心公园，有四座麋鹿角搭成的拱门，极具特色。

（七）

圣迭戈西班牙小镇

轮车花璀璨，街巷木扶疏。
老宅徽依旧，公衙貌若初。
干戈皆已矣，怨怼又何如。
似有拉丁乐，翩翩欲舞予。

注：圣迭戈的西班牙小镇，保留着浓郁的南欧风格。徜徉其间，不禁想起当年惨烈的美西战争。硝烟散去，让我们更加珍惜现在的和平生活吧。

（八）

旧金山十七里湾

沙礁十七里，美色最难收。
斜岬情人角，孤杉卵石头。
林深多隐豹，浪急每浮鸥。
盘曲临渊路，司机不瞬眸。

注：卵石滩，有老虎伍兹发迹的高尔夫球场，标志是一棵长在草坪上的杉树。隐豹，典出汉刘向《列女传·陶荅子妻》：『妾闻南山有玄豹，雾雨七日而不下食者，何也？欲以泽其毛而成文章也，故藏而远害。』此处指隐居的富豪。

（九）

小岛滨湖民居

小径通幽处，闲居傍水楼。

芸窗含远树，松阁宿邻鸠。

模拟柴炉火，仿真麋鹿头。

忽思新熟酒，陶菊或堪谋。

注：居所内壁炉系用天然气模拟炉火，客厅所挂鹿头亦非标本。『漉我新熟酒』，陶渊明《归园田居·其五》句。

（十）

旧金山

长桥位最尊，筚路启山门。
九曲繁花径，双峰小玉昆。
人寻红殿柱，胜访紫狮臀。
一众燃灯者，谁凝硅谷魂。

注：旧金山著名景点：金门大桥、九曲花街、双子峰、旧金山艺术宫、渔人码头、斯坦福大学、硅谷。

長橋位最尊華路啟山门
九曲繁花徑雙峰小玉崑
人尋紅殿柱猿訪紫獅臂
一鼎燃燈者誰凝硅谷魂

美西舊金山

壬寅夏月 張鑫林

（十一）

美西一号公路

山峦窗外走，潮汐眼前生。

杂卉繁于锦，深渊断若硎。

伯牙弦未绝，摩诘画常更。

坐爱停车处，云天万里青。

注：颈联，伯牙山水琴曲，王维亦画亦诗。

（十二）

圣巴巴拉

名镇寂无哗，豪门竞侈奢。

瑶窗陈极品，绮户炫轻纱。

彳亍林园道，依稀欧陆花。

欲穷千里目，还上五层衙。

注：这座西班牙风格小镇上最著名的建筑，是座历史悠久的法院，登上五层楼顶，可俯瞰全城。

浮槎吟（六首）

己亥中秋乘海洋量子号邮轮作日、俄等地九日游。途中三日登岸福冈、境港、符拉迪沃斯托克（海参崴），其余时间均在大海航行。

（一）

中秋待月

海上无明月，三更万缕愁。
蓬瀛浮墨海，诗绪化泥牛。
心诵披衣句，神驰飞镜楼。
蟾光终有意，云隙去还留。

注：张九龄《望月怀远》：『灭烛怜光满，披衣觉露滋。』李白《把酒问月》：『皎如飞镜临丹阙，绿烟灭尽清辉发。』

（二）

海上行

海天连一线，百态自然生。
浪碎千重碧，云飞万里晴。
鱼龙何所见，舟楫偶相迎。
忽觉身微动，洪波势若烹。

注：巨轮行惊涛骇浪中如履平地，稳如泰山。

（三）

大山寺遇雨

幽径人烟少，山深隐古禅。
我来偏遇雨，鸟取可安眠？
苔砌石阶滑，足登步履坚。
山巅犹有社，来去总悠然。

注：鸟取县境港有建于奈良时代的大山寺和大神山神社，须步行爬山数里。天雨，同行者一半却步，又一半到大山寺浅尝辄止。余独登顶，并按规定时间返回。

（四）

由志园

八束大根岛，云州由志园。
花颜光秀木，瀑幕幻清泉。
江户参茶酽，松江鹿韭妍。
霜庭盆上景，且唱石湖仙。

注：由志园是一座享有盛名的『回游式庭院』，位于八束町大根岛，在此可观赏并品尝江户时代传续下来的牡丹花卉与高丽参茶。由志园的设计者是英国切尔西花展金牌得主、被伊丽莎白女王誉为『园林魔术师』的日本石原和幸大师。鹿韭，牡丹别名。石湖仙，词牌名，借指石原先生。

（五）

符拉迪沃斯托克观景台

海风秋瑟瑟，送客到鹰巢。

大块原归我，小鲐空泣鲛。

街头皆痛史，边将少唐刀。

遗恨龙兴地，文宗万世嘲。

注：符拉迪沃斯托克，即海参崴。观景台在鹰巢山。文宗，清咸丰帝庙号。

海風秋瑟瑟送客到鷹巢
大愧原歸我小館空泣
毅街頭皆痛史邊將
少唐刀遺恨龍興地文
宗萬世潮

浮槎吟 海參崴觀景臺

壬寅夏月 張瑞林

（六）

海洋量子号

桃源何处觅，海上小蓬壶。
精舍美池属，怡然众乐图。
合忘优孟事，能释屈骚无？
忽见沧波里，楼船一叶孤。

注：海洋量子号，世界十大豪华邮轮之一。船体长三百四十八米，宽四十一米，有客舱两千余间，满载游客四千余名。

突尼斯（八首）

（一）

哈马马特老城

茉莉之邦举世知，
横斜小巷旧城池。
白墙蓝瓦堞楼外，
骇浪翻飞有健儿。

注：突尼斯哈马马特老城，建于公元十五世纪的古城遗迹，与宁静的白墙蓝瓦小巷民居和谐相处。是日，惊涛拍岸，竟有一名勇士扯着风筝冲浪翻飞，让人赞叹不已。

凯鲁万三题

（二）

阿格拉比特蓄水池

荒漠无由碧水泓，
留云映日四天觥。
当年劳作人何在，
纷至沓来为盛名。

注：阿格拉比特蓄水池是建于公元九世纪的人工引水工程，曾建池15对（大小各一），大的直径一百多米。现存其二。

（三）

埃尔·杰姆斗兽场

斗奴斗兽君王癖，
拼死拼生仆隶身。
断壁残阶犹带血，
汗青只认拓疆人。

注：斗兽场建于公元三世纪，是突尼斯境内保存最完好的古罗马时期斗兽场，世界三大斗兽场之一。

（四）

奥格巴清真寺

六百柱廊环寺院，
科林斯式化清真。
雄浑最是圆穹塔，
宣礼声高唤夕晨。

注：北非最大的清真寺，有六百根柱子，听说许多科林斯式立柱是从附近废弃的罗马遗址运来的。两种不同的风格融为一体，竟无丝毫违和之处。说明世上本无尖锐对立不可调和的矛盾。

突尼斯城四题

（五）

迦太基安东尼浴池

汤蒸水沐几春秋，

迦太基城剩此楼。

霸业随风何处是，

烟波浩渺问翔鸥。

（六）

巴尔杜国家博物馆

一巡胜读十年书，
百代传闻入画图。
出土珍瑰堪辨伪，
从来历史不虚无。

注：博物馆收藏的众多马赛克镶嵌画，细致入微地描绘或印证了沿海各国历史文化和传说。

（七）

麦地那老城

征战群英去复回，

寇王毁誉已成灰。

穿行老巷人如鲫，

金匠陶工各献瑰。

（八）

西迪布·赛伊德蓝白小镇

小肆铺排秀手工，

窗蓝壁白间花红。

街头小憩歇行脚，

堪笑樽前尽媪翁。

摩洛哥（二十六首）

（一）

卡萨布兰卡穆罕默德五世·哈桑二世广场

穆氏哈桑骨血亲，
父薨子替一家人。
广场晴日欢声起，
祥鸽翩飞乐子民。

注：穆罕默德五世，是哈桑二世的父亲。现国王穆罕默德六世是哈桑二世的儿子。穆罕默德五世和哈桑二世广场毗邻，因鸽子多又称鸽子广场。

马拉喀什三题

（二）

巴伊亚宫

寒街陋巷隐琼宫，
镂嵌雕镶百技穷。
连拱回廊接禁苑，
妖姬廿四每争风。

注：巴伊亚宫建于十九世纪末。两任大维齐尔（阿拉维王朝权臣）精心建造了这座宫殿，供自己、妻子和情人使用。据说其中一个有二十四位情人。

（三）

德吉玛广场

华灯灿烂鼓喧阗，
市籁人声不夜天。
惜别还听宣礼塔，
悠悠欲渡失津船。

注：德吉玛广场又名无眠广场。每晚都有各种卖艺人和世界各地的游客在此彻夜狂欢。周边的茶楼酒肆也有大量游人消夜，欣赏独特的摩洛哥风情。

（四）

伊夫·圣洛朗花园

时尚大师休憩地，
仙人掌茂竹林幽。
从来大隐隐于市，
马约晶蓝豁眼眸。

注：花园原主人是法国著名画家马约尔，喜欢蓝色建筑和仙人掌类植物。后被时尚大师伊夫·圣洛朗购入，并长眠于此。

（五）

乌祖瀑布

此水应从天上来，

飞流直下荡炎埃。

为寻观瀑绝佳处，

时见林猱去复回。

（六）

希阿里庄园观阿拉伯风情表演

铃鼓铿锵松尔柔，
花车舞女伴歌讴。
疾蹄马阵如风卷，
吹落繁星沉复浮。

注：演出结束有礼花燃放。

（七）

阿瑟顿城堡暨山地奥斯顿花园

据险临崖一堡危，

凭栏远目乱鸦随。

山隈韶苑繁花盛，

白发欣逢幼稚儿。

注：在花园巧遇一群幼儿园小童，个个天真无邪，惹得吾等老头老太或蹲或坐和他们合影留念。

（八）

伊夫兰小镇

深山竟有小城幽，
高木澄池狮子头。
夙有狂言称瑞士，
今来细品略相侔。

注：伊夫兰位于阿特拉斯山麓，风景清幽，豪宅处处，有『小瑞士』之称，是著名富人度假地。城中有德国人雕刻的大石狮一具，是为城标。

梅克内斯二题

（九）

皇家马厩粮仓

深甬高门巍拱券，

曾藏万匹白龙驹。

旌旗指处拳毛动，

横扫千军料不虞。

注：马厩为阿拉维王朝缔造者伊斯梅尔于十七世纪建造。传说这里饲养过一万两千匹骏马并储存相应饲料。

（十）

沃吕比利斯罗马废墟

法院残阶神殿柱，

豪门断壁大家池。

枭雄百代千秋愿，

总是铜驼叹黍离。

綿雁書總是添愁
多賤命蜉蝣曾誇
度安不防洪災設
是懸河家々堤外
可憐無數危樓々

一片去悠ゝ青楓
勝愁誰家今夜扁
何處相思明月樓
樓上月徘徊應照

非斯三题

（十一）

古兰经经学院

似闻朗朗诵经声，

黉院千年负盛名。

游客只知雕壁美，

留真走马不输诚。

注：学院建于公元九世纪，曾极大地促进了非斯城的发展。

（十二）

皮具大染坊

皮都盛誉信非虚，
七色斑斓炫里闾。
革臭寻闻薄荷掩，
苦甘否泰又诠予。

注：非斯城庞大的古法皮革染坊，臭气熏天，游客不得不用新鲜薄荷叶掩鼻。但这个世界文化遗产又是游客必不可少的游览景点。

（十三）

麦地那迷巷

千阡百陌似迷宫，

王墓或邻黉学东。

小巷商家嫌路窄，

骡来驴往胜青骢。

注：麦地那，原意为阿拉伯人聚集之地，一般外面有城墙围护。非斯麦地那有九千余条小巷，王陵、清真寺、博物馆、神学院、喷水池、各类商铺作坊散落其中，因保留了中世纪的风貌而闻名世界。老城不通机动车，运送货物仍依赖畜力。

（十四）

舍夫沙万

又是白蓝滨海镇，
风光略与岛环同。
临崖小憩凭栏坐，
海岳星云一望中。

注：岛环，指希腊大陆东南爱琴海上由一群火山组成的岛屿群，主岛圣托里尼，又名锡拉岛，以蓝顶白墙建筑闻名。

（十五）

得土安

杂融南北汇西东，
官舍民居摩尔风。
宫殿庄严城堞老，
市街常遇小顽童。

注：得土安，摩洛哥王国西北部城市，历史古城。

赠同游伴侣四题

（十六）

旅　伴

古稀花甲背包客，
鹤发童颜不老翁。
最健当推陈耄耋，
五洲空白只中东。

注：同伴陈大哥，年近80岁，足迹遍及亚非拉数十个国家，只因近年中东不太平，叙利亚、伊拉克、伊朗等国尚未涉足。

（十七）

客 舍

日宿一城征战频，

牙床竹榻总眠人。

久居闹市绝天籁，

野墅群鸡竞唤晨。

注：在舍夫沙万住乡野别墅，清晨听到久违的鸡鸣。

（十八）

塔吉锅

摩国佳肴知几多，
峨冠鼓腹密封锅。
午餐才食晚餐又，
好汉惊呼饶了哥。

注：塔吉锅，也叫微压力锅，上面罩有高盖帽。塔吉锅也指一种烹调方法，肉类放在锅底，蔬菜放在上面，烹调过程中不需要油，也不用加很多水，水汽均匀地滴落在食材上，可以最大程度地保持食物的原汁原味和营养。

（十九）

市　街

市街门脸千千种，
格调风情各不同。
最是民风称质朴，
迎人笑面总由衷。

丹吉尔二题

（二十）

斯帕特尔海角卡斯巴灯塔

一塔巍巍立岬巅，
平分洋海水和天。
舳舻西去东来顺，
应拜明灯夜不眠。

注：卡斯巴灯塔左为大西洋，右为地中海。欧非大陆之间是直布罗陀海峡，最狭处只十余千米。

（二十一）

海格立斯大力神洞

凭谁徒手两撕分，
直布罗陀久断魂。
岩洞幽幽留魅惑，
如斯大力可封神。

注：希腊神话中大力神海格立斯徒手撕开欧非大陆，形成直布罗陀海峡。著名洞口即以大力神之名命名。

拉巴特三题

（二十二）

哈桑塔

哈桑旧寺留遗迹，

地坼偏存塔一尊。

残柱成行何所似，

貔貅威武御林军。

注：哈桑塔是十二世纪穆瓦希德王朝遗迹。这座清真寺规制宏大，主塔原设计高八十米，后缩为四十四米。清真寺大部分毁于公元一七五五年里斯本大地震，但主塔奇迹般幸存。

（二十三）

穆罕默德五世陵

新陵旧塔有因缘，

古国今朝四百年。

雕壁蹄门安息地，

犹听百姓说君贤。

注：陵墓紧邻哈桑塔。摩洛哥的阿拉维王朝存续至今已三百五十三年。在穆罕默德五世领导下，摩洛哥1956年摆脱法国殖民统治。导游说，百姓对五世及后两代国王印象颇佳。

（二十四）

乌达亚宫

伟阙雄关真铁寨，
金戈曾渡大西洋。
一时大业囊欧土，
惜少千年楚霸王。

注：乌达亚宫始建于十二世纪，是穆瓦希德王朝的边防要塞，也是远征西班牙的出发地。今存完整的城郭和颇具欧洲风情的街巷。

（二十五）

卡萨布兰卡里克咖啡馆

《北非谍影》久闻名，

里克咖啡巧借声。

四座嘉邻唯絮语，

屏中倩影正盈盈。

注：里克咖啡馆二楼雅座，循环播放《北非谍影》影片，我们也专门到这里留影。

（二十六）

瞻访哈桑二世清真寺遇雨

恢宏奇伟不虚传，
万里瞻临雨若烟。
十万信徒齐颂祷，
声威可动九重天。

注：哈桑二世清真寺是世界第三大清真寺，寺内装饰精美，可容纳约两万人同做礼拜，寺外广场则可容纳约八万人。

附录

己亥春正月初四起，有中国台湾之行八天，得诗十首。二月初六（二〇一九年三月十二日）改定。

（一）

台南延平郡王祠

云槎泊海瀛，寻祭郑延平。

孤胆曾悬桂，忠心难复明。

驱夷铭赤崁，屯垦富黎氓。

高节存遗式，千秋享盛名。

注：桂，南明帝朱由榔，曾为桂王。

（二）

初登阿里山

乘兴登阿里，欢歌伴我行。
巍巍千岁桧，灿灿一时樱。
歧路通诗路，嘤声杂籁声。
栈桥延客道，每有鸟来迎。

注：阿里山有『阿里山诗路』步道。

（三）

日月潭

湖澄千顷碧，云淡一天蓝。
中介光华屿，平分日月潭。
寺藏玄奘骨，山隐邵家男。
远眺慈恩塔，青龙绕翠岚。

注：邵人，日月潭地区高山族的一支。慈恩塔建在青龙山山顶。

（四）

台北中山纪念堂

武昌兴义举，民国立东方。

民富国之本，人庸邦不强。

谆言犹在耳，遗训待鐫肠。

墨宝公天下，芸芸敢忽忘。

注：中山纪念堂有孙中山演讲录音片段供聆听。

（五）

台北中正纪念馆

少年怀异志，壮岁奉先生。
伐阀桓温业，驱倭李牧名。
阋墙输赤帜，背井念先茔。
暂籍慈湖厝，魂回剡水盈。

注：桓温，东晋大将，三次北伐，战功累累。李牧，赵国名将，抗匈奴，御秦军，屡建勋功。

（六）

台北故宫博物院

珍瑰迷老眼，光气漫新栊。
书画留程墨，彝盂铸景功。
玉猪欣遇我，大运必归龙。
共祷恩仇泯，齐心颂櫜弓。

注：玉猪，余生于亥年。櫜，弓袋。櫜弓，把弓放进弓袋，息战。

（七）

宜兰“传统艺术中心”

木石金陶幌，华洋杂色楼。

岁时应献乐，闲日尽悠游。

百艺缘谁手，三街聚客眸。

相携来胜地，犹自久廋求。

（八）

胡适故居

僻院寻幽径，明轩念哲人。
搦毫隳旧教，穷理启新民。
独立彰旌纛，自由积爝薪。
折冲纾国难，谁惜转蓬身。

注：胡适故居在台湾中研院一隅。房舍简朴，陈设老旧。胡先生担任中央研究院院长以后迁此处，直至去世，是他读书、写作和待客的地方。

（九）

梁实秋故居

书从雅舍读，名自迅翁知。

小巷寻遗迹，双扉闭空帷。

交游皆胜士，骂阵亦鸿词。

花有才情趣，冰心藻鉴奇。

注：冰心说：『一个人应当像一朵花，不论男人或女人。花有色、香、味，人有才、情、趣，三者缺一，便不能做人家的一个好朋友。我的朋友之中，男人中只有实秋最像一朵花。』

（十）

参访台湾大学欣逢九十校庆观展得句

椰耸欲拿云，繁花路半侵。
傅钟声惕厉，赵曲律高岑。
敦品滋风骨，爱人育恕心。
欣逢鲐背寿，拙句献微忱。

注：台大有傅斯年纪念钟。校歌为赵元任作曲。校训是『敦品、励学、爱国、爱人』。谒访时恰逢台大鲐寿庆。

后记

鄙人性好旅游。

少时读苏辙的《上枢密韩太尉书》，有“太史公行天下，周览四海名山大川，与燕、赵间豪俊交游，故其文疏荡，颇有奇气”句。又说：“辙生十有九年矣，其居家所与游者，不过其邻里乡党之人，所见不过数百里之间，无高山大野可登览以自广。百氏之书，虽无所不读，然皆古人之陈迹，不足以激发其志气。恐遂汩没，故决然舍去，求天下奇闻壮观，以知天地之广大。过秦汉之故都，恣观终南、嵩、华之高，北顾黄河之奔流，慨然想见古之豪杰。至京师，仰观天子宫阙之壮，与仓廪、府库、城池、苑囿之富且大也，而后知天下之巨丽。见翰林欧阳公，听其议论之宏辩，观其容貌之秀伟，与其门人贤士大夫游，而后知天下之文章聚乎此也。”余心向往之。

及长，求学沪京，有了些阅历，更知子由所言不虚。

在大学期间，颇访了一些山水形胜、人文景观。但参加工作后，空闲无多，不过利用出差时，顺便走几个地方，很少有专门旅游机会。一些热门省市，去得不少，比如浙江、广东；而大部分省市，则很少有机缘涉足。十多年前退休后，时间尽可自主支配，也没有什么其他嗜好，到哪儿去，完全可以根据兴趣随意安排，特别是后来，老伴也不像以前那么忙了，所以结伴出游，一偿儿时夙愿，成了日常生活的重要组成部分。

我原来的计划是，先扩大游览范围，已去过的省市，暂时忽略，专找没去过的省市，最热门的景点，跑马圈地，沾边就算，尽管有些省市只去过很少几个地方。比如，西藏只去过拉萨、日喀则、林芝，贵州只去过贵阳、遵义、黄果树，青海只去过西宁、青海湖。这样，很快把国内省、市、自治区走遍了，实现了全国大满贯，满足了一点小小的虚荣心。

之后，足迹扩展到境外。开始是蜻蜓点水、走马观花地游，后来，闲暇多了，就想多了解一些异域文化，于是想到了深度游和自由行。恰好有志同道合者，多是以前同学、同事，同为银发一族，一拍即合。于是组成了相对稳定的小团队。每次旅游一般只去一个国家，最多两个，行程半个月左右。事先做好功课，和旅行社共同设计行程，哪怕绕路也不能遗漏重要文化景点，著名博物馆则一定要延长参观时间，并尽可能请当地最好的专业人士讲解。几年下来，我们走了二十多个国家：西班牙、葡萄牙、意大利、梵蒂冈、希腊、英国、爱尔兰、以色列、约旦、埃及、巴西、阿根廷、印度、土耳其、摩洛哥、突尼斯，等等，等于重温了一部世界文明发展史。最近几年，在春节长假，组织家庭成员度假游，也是选定一个地方，比如普吉岛、夏威夷，玩几天。几年的游历所获，竟远远超出此前几十年的学习积累。

以前每到一处，都喜欢写几篇小文章，记录一下见闻和心境。后来就改成以诗记游。前几年，选了游览17个国家加上我国的澳门、台湾两地所写的旧体诗，共一百四五十首，出了一本《一夜庐域外杂诗》。那次截止年份是2016年。此后，又去了11个国家，陆续写了112首，加上又去了一次我国台湾，合计122首。

2020年年初疫情突发，我们的域外旅行计划彻底泡汤了。从2019年11月最后一次出国到突尼斯、摩洛哥，至今已经整整两年。如果不是疫情，我们也许又去过四五个甚至六七个国家了。不甘蜗居闭锁的我们，适时调整心情，把眼光转向国内。这段时间，我们趁疫情缓解，插空去了陕西、甘肃、云南、湖南、宁夏等省、自治区的十几个地方，游览了包括黄河乾坤湾、长安大明宫遗址、清水湾、莫高窟、嘉峪关、阳关、平山湖大峡谷、麦积山、拉卜楞寺、野象谷、基诺山、孔雀湖、张家界、凤凰城在内的许多著名景点，算是墙外损失墙内补。

人们常说，失去自由，才能更加体会自由的可贵。这本《一夜庐域外杂诗（续编）》，是2017年到2019年游历的杂诗汇编，汇集这些小诗时，我时时想起那段自由自在的欢愉时光，并深切怀念去年过世的江建国老兄。

我和建国兄是社科院研究生院新闻系首届学生，既是同学，毕业后又曾是《人民日报》同事。20世纪80年代，建国兄任《人民日报》驻西德记者时，我参加政府新闻代表团访德，在波恩曾欢晤倾谈。两德统一后，他又驻德多年，总共当了12年驻德记者。我们在退休后，因趣味相投，遂成旅游“铁友”，每次都相伴同行。去这本小书中所涉猎的国家（埃及、意大利、梵蒂冈、印度、摩洛哥、突尼斯）时，我们又是同行伙伴。去年偕家人去甘肃，途中惊闻建国兄去世噩耗，不胜悲悼。中秋之夜，在甘南赶制挽联一副，联曰：三载同窗，十年同事，同道同观，何忍霄云驾鹤；天涯共辔，海角共餐，共情共命，徒垂泪眼哭灵。返京后趋江府吊唁，增联意得七律一首，诗曰：

波恩把晤未能忘，四海风云善比详。
三载同窗亲謦欬，十年拨乱共辉光。
优游好伴天涯旅，磊落高怀君子觞。
远适甘南闻驾鹤，中秋圆月冷如霜。

但愿建国兄，在天堂好好游历，那边一定也有十分好景，无限风光。

在当下这个特殊时刻，我们别无奢望，唯愿那个叫“新冠”的怪物，早点寿终正寝，让世界重回原有轨道，让人民不再备受煎熬，让我们这些喜欢旅游的老头老太，能够趁头脑还清楚，身体尚健朗，再多走几个国家，让人生少留一点遗憾。

本书蒙好友张琳璋兄作序导读，老学长毛佩琦教授封面题签，中国财富出版社社长王波先生、编辑郝婧婕女士对本书出版予以大力支持，在此一并表示衷心的感谢。

2021年11月1日